오늘은 눈이 내리는 저녁이야

산지니시인선 017

오늘은 눈이 내리는 저녁이야

김점미 시집

산지니

| 시인의 말 하나 |

문과 문 사이에 서 있다
그 사이에
끝과 시작이 있고
부담과 설렘이 있다
30여 년의 문을 닫고
아직은 낯선 문을 열려는 마음으로
두 번째 시집을 묶는다
새로운 문고리가 손끝에 살짝
닿는다.

| 차례 |

시인의 말 하나 005

제1부 눈을 감으면 가끔은 폭설이 내려

눈오리 013
수국 한 다발 015
쇠미역 016
오 분 후 018
얼굴 020
해변의 앨리스 022
그날 이후 025
행복한 도서관 028
99센트 030
나의 선물 032
오늘은 눈이 내리는 저녁이야 033
시인의 일요일 036
돌이킬 수 없는 038
아이로니컬한 040
피카소와, 그 오후를 042
물고기 키우기 043

제2부 내 글들은 내 방의 사물이 되고

동행 049

식구 050

덫 052

식구-화해 054

단단한 시간 056

바질을 키우다 058

채식주의자의 사랑법 060

캐리어 여행가방 062

그러나… 너는 아니? 064

특별한 사면에 대하여 065

봄바람 066

빈 의자 068

그녀와 나 070

커피 혹은 흘러넘치는 그 무엇 072

여기 또는 그 어디에도 없는 073

제3부 그녀는 매혹적인 하프 연주자

흐르다, 살다 079

봄날의 서재 080

12월의 구름 082

검은 구토 084

미美, 장粧 086

그해, 잃어버린 계절이여! 088

單線으로 오는 사랑 090

섬에 들다 092

아랍어 시험 094

아름다운 동행 096

릴리안 랑세프 097

차렷! 출발 100

제4부 지나고 나면 아무것도 아닐

너무, 아름다운 이별 105
지다, 부활하다 106
매화 사냥 108
그해 십일월 아침과 밤 사이 110
보통의 힘 112
언제나 네 시 사십사 분 114
늦어도 11월에는 116
지금, 그 자리에 서서 117
낙엽 지다 120
이국인의 태극기 122
나비나무를 아세요? 124
내 속에 상영 중인 아주 특별한 영화 한 편-시인의 시작법 126

해설: 사랑과 존재의 물음-구모룡(문학평론가) 131

제1부
눈을 감으면 가끔은 폭설이 내려

눈오리

밤새 눈이 내렸어 하얗게 쌓인 눈에 뽀도독 발자국 찍고 돌아선 창문턱에서 오리들 놀고 있어 너무 귀여워 너흰 원래 물속에서 놀지 않아? 아니 난 창턱이 좋아 안팎을 다 볼 수 있잖아 우리는 혼자 있는 걸 싫어해 그래, 이렇게 추운 날 호호 하하 난롯가에 모여 손 부비며

네덜란드 설치미술가 플로렌타인 호프만은 강물 위에서 노는 커다랗고 노란 러버덕을 만들었지 일상에 지친 사람들은 호수 한가운데서 러버덕과 바람의 트위스트 추며 놀곤 했지 오늘같이 추운 날엔 얼어붙은 호수에 꼼짝없이 갇혀도 괜찮아

삶의 안팎을 돌아봐 세상이 발전하는 동안 우린 너무 지치고 병들었어 봐, 어느 날 훅- 들어온 바이러스가 일상의 문을 닫게 하고 너와 나의 다정한 만남도 질투하고 하하 호호 손도 못 부비고 최악의 값으로 우리 일상을 구매하게 해 예전 같기만 하다면 사소한 너무나 사소한 보통의 시간이 눈물 나게 빛나

누군가 문밖에 놓고 간 오리 새하얀 눈오리들 밤새 수상강하 침투한 그 녀석들과 함께 오늘 아침은 예측불허 행복폭발에 온 집안 들썩들썩 마음도 살랑살랑

즐거워, 즐거워서 내일도 오리
눈 오리
펑펑

수국 한 다발

아마도 어린 신부 볼처럼 연한 보라이길 작고 촉촉하게 뭉쳐진 마음으로 몽글몽글 잘 살라는 게지 반세기의 풍파 다 버리고 잔잔하고 평온하게 변덕보단 진심으로 살라는 게지 결혼 축하 선물로 아주 멋져 9월의 수국 한 다발 조용히 탁자 위에 앉아 있네 말하지 않아도 알았지 진심이 어떻게 전달되어 오는지 이룰 수 없는 욕심을 어떻게 사랑으로 승화시키는지 여기저기 흩어진 빗나간 마음이 깨뜨린 접시와 잔들*의 한탄 뒤로 나는 손가락 골드 링을 끼고 어린애처럼 활짝 웃었지 단단한 가지에 기대고 있던 수국 한 다발도 웃었지 나는 수국을 덮어쓴 셀로판지를 벗기고 공기를 불어넣었어 사랑은 그런 걸 거야 가끔 흔들리지만 단단한 줄기의 힘으로 결국 지탱해내는 거 나는 나이 든 신부였지만 여린 분홍 빰을 내민 수국 같았지

* 폴터아벤트(polterabend): 독일에서는 결혼식 전날 저녁에 친지, 친구들이 도자기로 된 접시나 잔 등을 세게 깨뜨리며 신혼부부의 행운을 기원하는 풍습이 있음.

쇠미역

영도 중리 작은 포구
봄볕 아래 그 아낙
구멍 숭숭한 쇠미역 나르네
동해 찬 바닷물 버리고
여기 남항까지 흘러온 사연은 몰라도
보기만 해도 입안 군침 모아주는
깔끔한 맛 덕분에
한번 맛본 사람은
결코 잊지 못하지

저 푸른 바닷속에서
인생의 희로애락 다 품었다가
숭숭 제 몸에 바람길 내고
과분한 욕심은 바닷물에 다 버린 몸
진한 정수(精髓)만 남겨선
팔뚝 굵은 그 아낙의 행복한 희망 되어
아낙의 거친 손에
보드라운 봄, 살짝

놓, 아, 주, 네

오 분 후

마음이 없으면
오 분은 오십 분이 되고, 다섯 시간이 되고
오 일이 되고, 다섯 달이 되고
오 년이 되고, 오십 년이 된다

나와 그가 반비례하여 만난 지점부터
악몽이 태동하여
매일매일 지독한 정성으로 무장한
화살을 쏜다, 그의 정수리에

샤워하고 오 분 후의 전화는 없었다
오십 분 후에도, 다섯 시간 후에도
전화는 없을 것이다
의심이 확신으로 돌아서는 순간
세상의 반대편에서 지진이 일어났다

그와 내가 만날 수 없었던 오 분 사이
우리의 운명은 결정났다, 그러나

기꺼이 운명을 슬픔으로 장식할 필요는 없다
운명적인 슬픔은 운명적인 만남을 이기지 못하여
최초의 기쁨을 함락시키지 못하기에

무심하게 내 생애로부터 오 분을 떼어놓는다
오 분 위로
오늘의 먼지가 쌓이고
오십 년의 먼지가 더 쌓이고
관심과 무관심의 무한 반복이 끝이 나면
오 분의 거짓말도
오 분의 무관심도
단지 오 분의 그리움으로 남겨질 것이라서

얼굴

이것은 책임에 관한 것이다
시간에 대한
그 시간을 견딘 것에 대한
자신만의 계산법으로 재단된, 단 한 벌의 맞춤옷
그 옷은
입는 사람과 밀착되어
한 사람의 피부가 되고
한 사람의 인격이 되고
한 사람의 인생이 되고
마침내 그 사람 자체가 되는

이것은 취향에 관한 것이다
아름다움에 대한
아름다움을 형성한 깊이에 대한
자신만의 기법으로 그려낸 단 한 편의 회화
숭고함과 추함으로 양분된 이데올로기로
명암과 채도와 광도의 섬세한 차이로
물과 기름의 불협화음으로

마침내 그 사람 자체가 되는

이것은 흔적에 관한 것이다
로르카가 달리의 작품에 붙여준 이름 리틀 애쉬*처럼
한 사람의 온전한 기억에 바쳐져
말끔하거나 울퉁불퉁한 시간에 대한
거대한 먼지 속의 먼지
소용도는 실체의 모퉁이 속으로 고이는
소멸의 길고 느린 자국들
가장 도전적인 창작품
소름 끼치게 치밀하고 직접적인
인간의 기록에 관한 것이다

* 리틀 애쉬: '작은 재'라는 이 이름은 1927년 로르카가 달리의 그림에 붙여준 제목. 2008년 폴 모리슨 감독에 의해 영화로도 제작됨.

해변의 앨리스

영화가 출렁이는 해운대 해변
쏴-아 몰려드는 발자국 소리
어서 지구본을 돌려보렴
너는 어디서 왔니?
또 너는 어디서 왔니?
형형색색 얼굴들이 스크린을 걸어 다니는 해변가
레드카펫 깔아놓고 기다리던 파도는
하루 종일 재잘거리는 갈매기들 등에 업고
빨리빨리 등장하지 않는 스타들을 부르고 불러요
저물어갈수록 바빠지는 몸놀림,
카메라 들이대고
하나라도 남겨두려고
까치발로 불빛을 피해 다니며

어제 나는 아프리카를 다녀왔어요
아프리카에도 엘리베이터가 있고, 자동차 먼지도 있고, 소매치기도 있었어요
인도는요, 멋진 환상을 키우는 디즈니 같았어요, 순박한

사람들이 파도처럼 출렁이는 곳이었죠
피날레는 아이거 북벽이에요
올라갈 순 있어도 내려올 순 없다는 곳,
한번 시작하면 멈출 수 없는 사랑의 땅,
아이거의 사랑은 눈밭에서 시작되고 눈밭에서 끝이 났죠

밤하늘 가득 쏟아지는 별들의 축제
은하수가 된 사람들이 둥둥 떠다니고
딥블루 드레스를 걸친 한밤에 키루나에 갔어요,
무지갯빛 오로라 속을 커졌다 작아졌다 하며 파도 타는 나는
앤트맨, 무적의 사나이죠
배트맨, 스파이더맨, 엑스맨, 헌트맨, 맨, 맨, 맨들이 사는
이곳에선 세상의 모든 정의가 희망찬 풍선마냥 우주를 떠돌고

시간마저 숨죽이는 해변의 스크린
세상사 요지경을 낱낱이 드러내며

쏴-아 밀려갔다 밀려오는 파도는
나와 당신의 신비하고도 은밀한,
감춰진 꿈을 노래하는 소리죠

그날 이후

습관이 변하여
저녁밥 먹고 나면 멍청하게
티브이를 봐요

생각하고 고민하고 심각하게 머리 쓰면
병에 좋지 않아요
모든 걸 내려놓고
평온한 마음을 가지세요

내 몸속을 기어다니던 벌레 같은 것이
움직임을 멈추었다 생각했을 때
본능에 의거하여
충실하게 먹고, 싸고, 자고 또 먹고
착하고 평온한 마음으로 오로지
살아내었지요

방 한켠의 컴퓨터는 쌓여가는 먼지만큼 멀어지고
멀어진 거리만큼 자판이 사라지고

머리를 메웠던 글자들도 사라지고
빈 들판이 착하게 들어서서

사과나무 한 그루 심었어요
시간에 따라 다른 결과로 기쁨을 맛본다는 건
가장 좋은 약을 처방받는 거래요
가지 사이로 부는 바람과 물과 햇볕은
울퉁불퉁 못생긴 종양 대신
동그랗게, 달고 맛난 사과를 목에 걸었네요

나는 싱싱한 사과 한 개를
욕망과 바꾸었어요, 조금은 슬프게 아직은 이른 시간인데
싱싱한 과즙은 이제 내 몸에서 흐르지 않아도
불균형이 빚어낸 살점은 사라졌어요

차곡차곡 비우고 가꾸니
자판이 들어서고
글자들도 들어서고

잠시 숨겨놓았던 생각들이
손 대신 몸으로
시를 쓰네요, 불타는 황혼의 아름다움으로

행복한 도서관

문을 열면 연분홍 꽃잎 머금고 걸어오는 푸른 바다
봄 햇살이 꿈의 책장을 넘기면
신록의 아이들, 재잘거리던 입 감추고
조용히 서가에 둘러앉아
출렁출렁 사람의 바다를 유영하고

서 있는 사람, 앉아 있는 사람, 누워 있는 사람, 말쑥한 사람, 지저분한 사람,
동그란 얼굴, 길쭉한 얼굴, 웃는 얼굴, 찡그린 얼굴, 화난 얼굴, 행복한 얼굴…
개성도 생각도 다양하여 누구도 소홀하지 못하는 방에서

각기 다른 가방 꾸리며 떠나는 여행지
여기는 세상 한켠이면서 세상 전부이고
동양이면서 서양이고
오늘이면서 내일이고
현재이면서 과거이고
산 자와 죽은 자가 함께 모여

나른한 오후의 담소 즐기는

실명의 고통으로 쓴 축복의 시*를
재잘거리던 아이들은 느꼈을까,
아픔이면서 희망이고
지면서 다시 피는
이 방의 주인인 빛나는 저 아이들의
행복한 바닷가 도서관에서

* 「축복의 시」: 호르헤 루이스 보르헤스의 시.

99센트

가난한 서민의 가격 99센트는 가장 비싼 값으로 팔렸네.*
서민과 가장 먼 소더비 경매장에서
딥티콘**으로 구성된 그 슈퍼마켓은
자신을 통틀어도 못 가질 값 380만 달러의 사진이 되어
모범적인 자본주의 속으로 걸어가 버렸네.

형형색색의 공산품은 컨베이어 벨트마냥 가지런히 쌓여 돌아가고
거대하고 다양한 공장의 토사물은 매장을 가득 메운 채
자랑스럽게 매달려 있네, 99센트짜리 목걸이를 걸고.

제정 로마 시대부터 암흑의 중세를 거쳐 현대까지
99센트는 대도시의 삶을 지키거나 지배하는 안전한 담장
편안한 규범의 침대에서 자고 먹고 살아가는 서민들의 천정
외부의 침입을 막아 온 역사적인 선물
표정 잃은 대중에게 선사하는 자본 신(神)의 자비

오늘 이 한 장의 사진이

새삼 소름 끼치는 이유는
99센트로 하루를 사는 이의 눈물 때문이고
그 삶조차도 유희되는 자본주의 때문이고
나의 무기력함 때문이고
그럼에도 아름다운 사진 때문이고
또다시
오늘의 햇살 때문이고
어김없이 찾아오는 봄 때문이고
함께 식탁에 앉는 정직한 지인들 때문이고
아직은 죽지 않은 우리의 영혼 때문이네.

* 「99 Cent Ⅱ Diptychon」은 독일 사진작가 안드레아스 구르스키의 작품명으로 99센트는 작품의 제목에서 따옴. 2007년 소더비 경매에서 380만 달러라는 고가로 팔렸음.

** 딥티콘(diptychon): 중앙에서 접어 포갤 수 있게 경첩을 박아 댄 2장의 판자. 여기서는 사진 작품.

나의 선물

여전히 풀지 않은 봉지 속에
그녀의 선물이 있다

소가죽 구식 숄더백,
소 무게만큼 무거운 마음이 들었는지
무거운 물건을 들지 말아야 하는 환자인 내겐
세월의 무게만큼이나 무거운 가방
들지도 못하고 버리지도 못하고
방 한켠만 차지하던 의미
더는 편들어 생각하지 말고 과감하게
싹-뚝, 끈을 끊어버리고
가볍고 산뜻한 가방 하나
새로 사
그녀 선물 놓였던 자리에
기분 좋고 쿨하게, 살짝
밀어 넣는다

그녀의 자리는 여전히 그대로다

오늘은 눈이 내리는 저녁이야

오늘은 흐리고 햇살이 없었어. 그래서 눈이 내리는 저녁 식사를 준비했어. 바람이 꽤 찼고 거리의 차들은 재빠르게 헤드라이트를 켰지만 눈이 오는 저녁은 어둡지 않아. 눈을 감으면 가끔은 폭설이 내려. 나는 점점 운전이 어려워지고 도로 앞에 놓아둔 산은 자꾸 미끄러져 가로수와 부딪히곤 해

오늘은 바람이 차고 햇살이 없었고 눈이 내려
종일 케케묵은 추억을 끄집어냈지만, 너무 눅눅한 먼지 때문에 왼종일 기침이 멈추지 않아
오랫동안 너를 기억해보려 했지만
인간의 기억 따위 너무 믿지 마

코너를 돌면 아카시아*로 내려가는 길이 보여
아카시아에는 낡은 형형색색 불빛과 바람에 젖은 테이블 세트들이 여기저기
방석 없이 앉기엔 너무 차가운 이야기들이 나뭇가지에 걸려 있지만
꼬리에 꼬리를 무는 이야기 속으로 똬리 튼 기억이 풀려나

오는 곳이기도 해

참, 오래전의 풍경이네
눈이 오지 않는 곳에 내리는 눈발, 손발이 미끄러져 바다로 추락하는 청춘들
돌아보아도, 돌아보아도 눈뿐인 모노톤 하늘
눈 사이로 녹아 흐르는 눈, 물의 하늘
눈이 오는 아카시아에서는 이별하지 말아줘 너무 어둡고 너무 밝은 그곳의 이별은 아주 오래 생채기를 내곤 해

오늘은 흐리고 바람이 차갑지만 눈이 오는 건 아니야
눈은 내 눈 안에서만 내리고 있어, 아마 그래서 너도 눈이 내린다고 믿고 있는 거겠지
기억은 그런 거야, 우리가 그 추운 겨울날 밤을 함께 보낸 아카시아,의 밤에도 우리는 그렇게 바닷속으로 내리는 눈 속에 파묻혔던 거 알아?

오늘은 흐리고 햇살이 없었고 눈이 내리지 않았어, 그래

서 눈이 내리는 저녁 식사를 준비했어, 바람이 꽤 찼고 거리의 차들은 재빠르게 헤드라이트를 켰어, 눈이 오지 않는 저녁은 너무 어두워, 눈을 감아도 눈이 오지는 않지만 나는 점점 운전이 어려워지고 도로 앞에 놓아둔 산은 자꾸 미끄러져 가로수와 부딪히곤 해

오늘은 바람이 차고 햇살이 없었고 눈이 내리지 않아, 그래서 나는 눈이 내리는 멜랑콜리한 아카시아를 기억하고 그곳에서 너를, 눈, 물에 젖어 있는 우리를 기억하고

눈이 오는 오늘 저녁을 기억해, 오늘은 눈이 내리는 저녁이야

* 아카시아: 부산 영도 중리 해안 언덕에 있었던 야외 휴게소. 1970~80년대의 대표적인 연인들의 데이트 장소. 지금은 없어지고 갈맷길이 생겼음.

시인의 일요일

몇 년 전부터
시끄럽게 울려대던 전화벨 소리 사라지고
하루 종일
누구로부터도 누구에게도
일상의 소통은 닿지 않아

생각의 화살이 쏟아져
심장을 겨눈 채
때로는 피가 때로는 환희가
머리 밖으로 뛰쳐나와

날이 좋으면
이런 게 인생이지 하며
혼자 걷거나
닫혔는지 닫았는지 모를
적요의 시간 속은
평화이거나 공포이거나

세탁기 돌아가는 소리에 놀라
나뭇가지 위에서 노래하던 새들 후다닥, 날아가고
새가 떨친 여린 잎 하나
내일과 함께 빙빙 돌아가고

노는 아이들 소리가
간간이, 창틈을 벌여놓곤
홀연히 사라졌을 때
벽에 걸린 뒤뷔페*의 파리 풍경
파리가 나치에 점령되었을 때부터
사람이 사라졌다는 그의 그림

깊은 슬픔은 눈물 대신
침묵을 택했지
벽이 동굴보다 깊어진
태생이 고독한 시인의 일요일은
한적한 침묵의 절망인가?
절망 속의 평화인가?

* 장 뒤뷔페: 프랑스 화가.

돌이킬 수 없는

독감이 가슴을 멍들이다 불그스레 복사꽃같이 물든 사월이 지나간다 대낮인데도 터널처럼 어둡게 지나간다 파릇 신록인데도 이미 너무 늙어버린 얼굴로 우울하게 지나간다 복사빛 뺨에 비를 흘리며 지나간다 멍든 가슴이 너덜너덜해지면서 사월을 바라본다 주위를 둘러보면 사방이 사막이다 뜨거운 햇살과 황량한 바람이 건조한 하늘에 떠 있을 뿐, 사람은 없다 어머니도 아버지도 언니, 오빠, 동생도. 하늘의 문은 비수 같은 독설에 찢기고 해어져 지나가는 사월을 잃고 말았다 독감의 시대에는 누구에게도 인정을 베풀면 안 된다 비정한 바이러스에게 관용은 치명적 약점. 설탕을 듬뿍 담은 커피잔 속으로 사월이 떨어진다 입 안 가득 달달하게 쏟아지는 꿀을 머금고 사방 어디에도 없는 지난 기억을 찾는다 영영 돌이킬 수 없는 유년의 품으로, 이제 막 독감을 벗어난 지친 가슴 하나가 춥고 흐린 사월을 걸어 나오고 있다 돌이킬 수 없는 시간을 넘어 외로운 평화가 불어온다

바람 사이로 복사꽃잎이 흩날리기 시작한다

짙은 사랑이 날아간다, 나 혼자 따라간다

아이로니컬한

알고 지낸 소설가의 수상 소식 기사가 오늘 신문이다

新. 聞. 그러나 나 혹은 당신의 일상에 그런 새로운 소식을 들어야 하는 귀는 낡은 컨테이너 박스 속으로 사라진 지 오래되었으니 우리 사이에 더 이상 새. 롭. 다. 란 연결고리는 없어, 하며 하와이로 떠난 애인의 나이도 벌써 중년을 넘었다

인생에 주어지는 상의 개수는 비단옷의 개수만큼이나 장식적이란 걸 알려준 것도 신. 문. 이다

그런 의미에서 포커스는 해석이라고, 무엇도 미리 보기 안 되는 현실의 충실성에 너접한 평을 붙여대는 이미 충분히 너접한 평전을 광고한 페이지를 찢는다

오늘의 한 귀퉁이가 날아갔다

버린다는 것은 얼굴에 쌓인 때를 미는 거랑 같아, 라고 생각하는 순간 얼굴에 얼룩이 생긴다

얼룩 속에 오버랩되는 하와이, 때를 제거한 애인 소식같이 무심한 이야기들이 오늘날 소설이다

小. 說. 그러나 나 혹은 당신의 자잘한 이야기는 한때 인생의 대륙이었다가 섬이었다가 귀퉁이가 날아간 오늘이었다

가 너접한 평전이었다가 손바닥 아픈 박수이기도 하였다가 8×10cm의 박스 속에 살다 사라지는 아이로니컬한 인생이기도 하였다가

피카소와, 그 오후를

그가 불렀다 이미 오래전부터 친숙하고 다정한 하얀 손의 터치 형태가 부서진 린넨 천 위에서 시간을 돌려세우고 바라보는 애틋한 시선 속에서 뽑아낸 명주실. 중요한 건 모사가 아니라 새로운 형태라고 널브러진 선들 가득한 아틀리에. 예술은 날카로운 칼날에 베어 나갔지만 우리는 상처를 꿰매고 봉인할 능력을 가진 자들. 느끼고 이해하고 받아들이는 자들의 공간 한켠에 들여놓은 각자의 봉방. 모든 가능성과 실험이 있었고 방방의 고통과 심연이 자욱했던 시간으로 그가 불렀다 각진 유리 집 모퉁이 같은, 눈에 잡히지 않는 파장들의 거리에서 동물원 우리 밖을 갈망하는 슬픈 눈동자가 뿜어내는, 처연한 명주실 같은 그리움으로 한숨 깊은 석양이 지나갔다 살과 피를 하나씩 흩뿌리면서 형태를 지탱하던 선들도 뽑으면서 커다란 아날로그의 뼈다귀 하나만 남은 그가, 그가 나를 불렀다 시계태엽이 한 세기를 되돌아갔다 재깍재깍 되돌아간 시곗바늘은 절망적인 눈빛으로 우리들의 미래를 바라보고 있었다

물고기 키우기

좁쌀만 한 눈동자로 아침마다 밥을 기다리는
어항이 아니면 누군가에게 잡아먹히기 십상인 몸체로
500cc 비커에서도
밥만 주면 착한 아기처럼 조용히
나는 당신의 사랑스런 애완어예요,

가끔 산소기 없는 비커에선 숨쉬기가 어려워요
그래도 모두 좋아요, 좋아요
누구의 밥이 될지 모르는 하천보단 여기가 나의 스위트 홈이죠
나는 당신이 오기 전에 몸단장하고
어두운 방에 불이 켜지면
온 힘으로 유영하며 당신의 귀가를 환영해요

좁쌀만 한 눈으로도 세상 돌아가는 일은 보여요
어떤 왕국은 나보다 머리통이 작은 여왕이 있고
어떤 왕국은 추잡한 스캔들을 세기의 러브스토리로 각색한 영화가 상영되고

어떤 왕국은 말라가는 백성의 살점으로 부른 배 채우는 어진 왕이 있고
매일매일 어딘가엔 좁쌀보다 못한 일로 피비린내가 나요

한 그릇의 밥을 위해선 후각의 예민한 소문 정도는 늘 스탠바이
아무리 구린내가 나도 긍정적인 후각은 당신의 충실한 종
나는 당신의 사랑스런 애완어예요,
언제나 충직하고 성실하게
당신을 위해 물속을 유영하며 소문을 모으고 분석하고 보고하는
당신만을 위해 태어난 물고기
그러니 잊지 말고 밥을 주세요
밥은 세상의 위대한 권력, 불가침의 권위
당신 발아래 있는 온갖 피라미 다 잡아 밥상을 차려주세요
손가락조차 고귀한 당신의 화려한 집을 위해
오늘도 고군분투 사욕의 창고 문을

조용히 열어주세요, 나는 당신의 충실한 종

그런데 왜,
불가침의 창고가 넓어질수록
당신의 품위는 좁쌀보다 작아지나요?
호! 호! 호!

제2부

내 글들은 내 방의 사물이 되고

동행

차양 넓은 그늘 아래 앉아
너를 기다리나 기다리다
볼 붉은 노랑나비 되었어.

잠잠한 바람 사이로
따갑게 끼어든 내 마음
팔랑팔랑 푸른 꽃잎 날갯짓으로
희고 매끈한 두 다리 쭉 뻗어
나는 가네, 너에게로
온 생을 불살라
한 몸으로 너를 만나네.

식구

방문 문풍지에 바늘구멍이 났다
십수 년의 세월 동안 바람이 오고 갔다
아무도 모르게
마지막 바람을 견딜 수 없었던 문풍지는 갈가리 찢어졌다

길 떠나기 전 마련해둔 음식이
집을 지키고 있었다
냉장고에서 조용히
왜냐고 묻자, 나의 음식은 손도 대기 싫어서라고 했다
냉장고 문을 열어 소리 없이 썩고 있는 음식을 바라보았다
나의 밥은 실패했다
실패에 대한 응당한 대가로 처분에 대해 고민했다
버리면 그만인 상한 음식과
입조차 뗄 수 없는 돌덩어리 심장에
불용할 음식을 만들 듯 감정을 뒤섞으며
밥을 나누지 못하는 食, 口의 의미와
찢어진 문풍지 조각으로 가득한
냉장고 문을 닫았다

태생의 연대를 끊어놓은 밥상에 앉아
거친 오독의 밥알을 홀로 씹었던 그날
오래된 추억 한 토막이
찢어진 문풍지와 함께 날아갔다
목구멍이 아파왔다
오래도록
심하게

덫

날 못 견디게 하는 건 시간이었어.

온갖 감언과 독설을 퍼부어도
자신의 둑 쌓지 못한 사람이 있었어.
끝없이 시간이 흘러도 자신의 밥조차 빌어먹어야 하는 사람
그 어떤 말도 반찬이 되지 못한 식사
허기를 채우고 나면 시계추처럼 또다시 원래의 자리로

나는 그 사람이 너무 싫어
다시 새로운 독설로 요리하고 상을 차렸어.
같은 범주에 묶인 꼬리표를 달고
지겹고 지겨운 그 집을 벗어나고 싶었어.

그런데 밖은 왜 늘 밤이지? 이렇게 햇빛이 쨍쨍한데도

사랑하니까, 사랑해서? 나는 그런 마음 몰라
그런 사랑은 그만 집어치워 줘.

내가 포기했던 시간은 나의 치명적 실패
내 손에 남겨진 후회와 한탄이 이제 와서 위로가 된다고 생각해?

여전히 그 집은 구질구질하고 볕이 들지 않고 목욕물도 받을 수 없지
어리석고 나태한 냄새가 얼룩져 있는
깊고 짙은 콤플렉스
끝없는 침묵은 나의 분노, 나의 절망

해 뜨기 전에 그 집에서 나와야만 해
제발, 그런 값싼 사랑은 집어치워 줘.

식구
- 화해

젓가락질 어색한 식탁이다

목표점 주위를 빙빙, 경로가 탐색되지 않아

익숙한 반찬만 입으로 나르고

준비된 말, 뱉어내는 침묵이 길다

밥은 삶이다

누가 뭐래도 밥 없이는 사상도 없다

굶어보지 않고 눈치 보지 않고 그늘에 숨어보지 않고서는

이해하기 힘든 시간의 파노라마 펼치며

다시 손가락 끝에 힘준다

젓가락질이 본래대로 돌아가게 길 터주며

새로 만든 반찬 내민다

아무 말 없이

단단한 시간

화려한 봄의 전령 목련이
고고한 자태로 아름답게 핀 자리로
봄비 내려 쌀쌀한 바람이 휘이- 불고
짧고 화려한 시간이 세월 따라 휘이- 불고

발바닥에 밟히는 누런 바나나 껍질들
탐스러운 과거의 영광은 어디 갔나
오늘은 온통 지저분한 거리 위로
이리저리 짓이기는 꽃잎들

그러니 여인들아
미인 아닌 걸 슬퍼 마라
한때의 청춘이 바람처럼 휘이- 날아가면
세월을 품은 여인만이 아름다운 법

꽃이 필 땐 신을 닮아도
꽃이 질 땐 인간인 것을*
혹한 뒤에도 봄이 또 가을이

이 화창한 봄날을 기다리고 있지
질 때 아름다운 꽃이 기다리고 있지
가슴속에 꽃망울 달고

* 김상미의 시 「미스터리」 중 부분 인용함.

바질을 키우다

깨알보다 작은 씨앗을 샀다
소꿉놀이 화분에 떨어뜨려 물을 주니
바람이 흐르고 햇살이 지나간다

낯설게 세상이 닫히고
사람들이 오가던 길의 정적이 길어진다
즐겁던 재잘거림은 녹음(綠陰) 속 참새에게 돌아가고
소란스런 뒷골목은 일찍 문을 걸어 잠근다

우울과 불안의 전면에 도전하듯

아! 싹이 돋았다
먼지같이 작은 것이 땅의 창문을 열었다
손톱만 한 잎새로 사람들을 부르며
지친 일상에게 인사하며

절망하지 말아요, 절망하지 말아요…
파릇파릇,

오늘의 안부를 다시 묻는다
싱그러운 바질 향기 바람에 날리며
집집마다 소담한 밥상이 차려지고 있다

채식주의자의 사랑법

단백질을 더 많이 먹기로 했어
고등어가 없어 참치 캔 하나 뜯어
붉은 고춧가루를 잔뜩 넣었어
꼭 손톱이 부서진 탓은 아니야
아침마다 한 움큼씩 빠지는 머리칼 때문도 아니야

위장이 거부할 반응이
위장을 뚫고 비집고 나와
어떻게 내 머리를 흔들지 궁금해
육식주의자인 당신이
어떻게 내 몸에 파고드는지 궁금해

전혀 다른 생각으로 만난 나와 당신
아무리 다가서도
당신이 만든 코드를 풀 수 없어
기름진 당신의 매끈한 껍질은 손에 잡히지 않아
그런데도 나는 자꾸 당신에게 끌려

메스꺼운 효모가 발효할 때마다
나는 시들어 가, 파릇했던 얼굴이 검붉게
그럼에도 단백질을 더 많이 먹기로 했어
당신을 느낀다는 게 너무 힘들어도
내 몸속을 구성하는 섬유질이 끊어져 가도

지독한 사랑은 독이라고
치즈가 뚝, 뚝, 흘러내리는 독일식 캐제부르스트*
꼭, 꼭, 씹어 먹으며

* 캐제부르스트(Käsewurst): 소시지 속에 치즈가 들어 있는 독일 소시지.

캐리어 여행가방

나는 늘 플롯 없이 글을 써
제약과 규약과 계약 따위의 의미는
내 머리에 있지 않아
나의 이야기는
분절된 토막들의 나열이지만 나는
그것들을 끌어모아
땅을 파고 집을 짓지

장편(掌篇)들의 조각보로 만든 노트북 속에
세월의 간격만큼 차근차근
번호를 매기며, 소제목을 달며,
詩를 쓰듯 정성스레 단어를 반추하지
누구도 부르지 않는 내 이름을 부르는 의뢰
그 의식을 위하여
노트북 글자들을 디스켓에 가두면
나의 이야기는 생각의 문을 지나가지

그때부터 내 글들은

내 방의 사물이 되고
떠나버린 애인을 바라보는 시선처럼
객관화되어버려,
곧이어
새로운 여행이 준비되고
또다시 나는
플롯 없는 글쓰기를 시작하지

그러나… 너는 아니?

언제나 이유는 양념처럼 많지, 봄꽃이 만발하여 제각각의 취향을 뽐내듯 이쁘고 얄궂은 생각들이 피어오르던 그런 4월이었지, 문은 여전히 닫혀 있고, 육중하게 닫혀 있고 사람들은 지름길을 포기한 채 길고 먼 과거로 돌아가야 했지, 과거로 가는 길목에는 수줍고 어리석은 바다가 파랗게 혹은 피같이 붉게 도로를 물들이곤 했지, 문을 지키지 못한 사람들은 때깔 좋은 노예가 되었지만 화려한 빛에 눈이 먼 탓에 서로의 얼굴에 스민 여린 틈을 보지는 못했지, 그렇게 봄이 지나고 여름이, 가을이 다 지나고 침잠의 겨울이 오면 오히려 사람들은 안도의 휴식을 취했지, 문 안으로 제공된 결박의 술은 달콤하고 안락했지, 그러나… 너는 아니? 과거의 봄꽃은 미사여구처럼 지루하고 망친 요리처럼 짜증스럽다는 걸, 문 안의 생명은 순식간에 몰려오는 안개만큼 짧다는 걸, 황금빛 바다가 겨우 한나절 영광이란 걸, 쇠사슬에 묶인 자물통을 밟으며 당연한 문을 오가는 사람들의 퀭한 눈을, 기쁘게 즐기며 오후의 티타임을 보내는 누군가의 거대한 음모를!

특별한 사면에 대하여

이건 정말이지 놀라운 일이야. 그 책을 다 읽을 때까지 단 한 줄도 가슴에 기록할 수 없었다는 건 죽어라 다녔던 학교가 거짓이었고 그 열렬했던 강의들이 티브이의 개그 쇼보다 뜨겁지 못했다는 뜻이고 날름날름 아빠 혹은 엄마의 주머니를 갉아먹던 이 땅의 원죄, 사교육이 엉터리였다는 것이고 내 머리가 천재와 둔재 사이에서 영원히 블랙홀로 빠져버린 것을 의미하는 것이고 이 시대의 운명이 다했다는 것이고 더 이상, 더 이상은 이런 웃기는 세상에 존재하고 싶지 않다는 항변이었을 것이고 입에 넣을 거라곤 똥밖에 없다는 미화된 표현일 것이고 철저히 개인주의자가 되지 못한 자신을 단죄하는 것이고 이기적인 독재자의 손가락 끝에서 시작되는 소셜 네트워크에 대한 지독한 경배일 것이고 동시에 자유를 잃고 편안해질 수 있는 유일한 탈출구였을 거야. 이건 정말이지 즐거운 일이야. 그 책을 다 읽고 난 뒤에 나는 유리판이 반짝이는 저울 위로 가볍게 올라설 수 있었던 거야.

봄바람

마음속에 오래 갇혀 있던 새 한 마리,
문을 열고 날려보냈다
처음 떠나는 둥지를 잃을까 봐
길게 한 번
뒤돌아보던 새는
창공으로 사라지고
오래된 기억 한 줄기
아픈 벽에 걸렸다.

누구든 그러하리라
저 태어나 자란 자리 박차고 떠났을 때
처음 맞는 자유의 이중성과 사라진 귀가
꽁꽁 묶였던 마음 풀어
봄바람에 걸어두고
오래도록
떠나간 새를 바라보았다.

모든 경계의 갈림길에서

조금은 쓸쓸하게
조금은 편안하게

오늘은 그런 오후.

빈 의자

처음부터 그러진 않았어
촘촘하고 인정스럽게 자리 잡은 7개의 의자
크기와 재료는 제각각이었지만 묘하게, 진짜같이
그럭저럭 화목한 가족이었지

다리가 삐끗해진 게 우연이라면
김치찌개 끓이던 부엌도 액자 속 풍경이라면
애초에 우리 곁엔 뭐가 있었나?

식탁에 앉으려 했어,
기억의 공습을 받기 전에는.

친절한 압박이 과중한 명분을 만들어 총공격 퍼붓자
한 개의 의자가 무너지고
또 한 개의 의자가 무너지고
다시 또 한 개의 의자가 무너졌어

이기와 욕망의 칼날이 무섭게 날 세우며

무참히 의자 다리를 자르기 시작했지
나는 덜 끓인 김치찌개를 서둘러 식탁으로 옮겼어

손이 냄비에서 떨어지지 않아, 식탁은 점점 뜨거워지고 있는데
아직 식사는 시작되지도 않았지
주저앉은 의자에겐 꽤나 높은 식탁이라
여러 번 자세 고쳐 앉아봐도
그럭저럭 화목해 보이긴 했어도
이 식탁은
내 자리는 아닌 거 같아

그녀와 나

우리는 두 개의 물줄기

사랑의 해수면 아래
그녀는 무관심의 파도를
나는 분노의 파도를
앉혔다 세웠다 하며 반세기를 살아낸
흔들리는 지축의 힘, 더 이상 견딜 수 없어
끓고 끓어오르는 성난 마그마가
사랑의 해수면 위로 솟구칠 때까지

우리는 두 개의 물줄기

한때 우리는
지독한 사랑의 바다에 빠졌지만
해수면 아래서 조용히
애증의 칼날이 자라는 걸 알지 못했지

격랑의 시간은 어김없이

이성도 감성도 모두 집어삼키고
세상의 축도 뒤흔들고
그녀와 나를 폐허로 쓸어가더니

쓰나미가 끝난 자리
잔인한 햇살을 뿌려놓았네
그녀와 나는 아직도
물줄기 뚝뚝 가슴에 박으며 떨고 있는데
다시 얼마의 시간이 흘러야 할지 모르는
회복기 환자처럼 늘어져 있는데

우리는 두 개의 물줄기

결코 만날 수도 가질 수도 없는
지독히도 잔인한 천상의 인연
흉하고 독한 사랑의 꽃밭에 뿌려지는
붉은 핏방울

커피 혹은 흘러넘치는 그 무엇

측량을 잘못한 탓에 잘 다려진 흰 손수건의 운명이 막을 내리고 말았네, 흘러넘치는 무관심이었나? 누군가를 향한 분노에 주의력이 사라져버렸나? 컵 양에 대한 대충의 잣대와 섬세하지 못한 손대중으로 내게 돌아온 커피잔은 불량품이 되었다, 흘러넘쳤던 건 분노였나 봐, 눈에 보이지 않았는데 어젯밤부터 내 주위를 뱅뱅 돌아다니던 그녀, 나이 오십에도 설거지해야 한다며 투덜대던 그녀, 넌 이렇게 고생해봤니? 이렇게 힘들게 살아봤니? 전화선의 길이가 짧았더라면 커피잔의 운명은 제대로 박살 났을 것인데, 흘러넘치던 젊음을 주체 못해 한꺼번에 다 써버린 그녀, 하룻밤 사이 다 늙어버린 그녀,의 그녀 식의 측량법이 틀렸다고 수도 없이 말했던 내 입에 대한 분노에, 시커먼, 속이 보이지 않는 생의 우물 속 빤히 들여다보면서, 후 후 입김 불어가면서, 농도를 잃어버린, 본성도 가물가물한 커피를 마신다, 아직도 철들지 않은 그녀,가 쥐고 있는 엉터리 측량기는 한쪽으로 치운다, 그녀는 그녀 인생을 산 것, 나는 그녀를 모른다, 그녀가 내 마지막 손수건이었더라도!

여기 또는 그 어디에도 없는

나는 지금 무엇을 해야만 하는가?

불멸의 밤이 지났다
새벽의 어스름 속에서 일상의 늪은 다시 고개를 쳐든다
그리고 그가 있었다
나와 그에 의해 버려진 우리들이 있었다

우리를 남겨둔 채 택시에 오른다
나의 흔적은 어디에도 있지 않을 것이다
그의 흔적은 내 머리카락 사이에 있다

온종일, 떠다니는 의식 속에서
수액 같은 그의 열정이 흘러내릴 것이다
바람 또는 신새벽의 눈물방울이
그의 열정을 핥을 것이다
그러나 아직은
치워지지 않은 채 그는 서 있다,
우리들의 그 자리에서

우리는 우리들 속으로 걸어 들어갔다

나는 말했던가.
너는 누구인가? 너는 지금 어디에 있는가?
나는 말한다 '너는 아는지, 그 새벽의 아름다움에 대하여'
그는 말한다 '아직은. 그러나 너의 극대화를 맛보고 싶어'
나는 말한다 '너의 아름다운 탐닉에 빠져볼까?'
불멸의 밤에서 시작된 치명적인, 너무나 치명적인 그때

그의 관능적 능력은 혀끝이다.
내가 쫓아가야 될 곳은
꼭 다문 입술 속 그의 혀끝이다.
나는 두드린다, 결코 열려지지 않을 문을

그것이 고통이 아니라는 것을
나도 알고 그도 안다
나는 그의 객관이고 그도 나의 객관이다
두 객관의 찬란한 이성으로

서로를 재단한다, 과거를, 현재를, 한 시간 후의 미래를

나는 본다
내 머리카락 사이에 붙어 있는 그의 독설을
내 코끝에 닿는 그의 짧은 혓바닥
그의 관능적 혀끝은 나를 극대화시키지 못한다
나는 말한다 '나는 고다르에 빠졌어, 카오스 속에서 안정을 느껴'
무질서의 질서정연함
그는 안다
그를 안고 있는 내 팔의 길이가
우리들의 객관이다
그의 끈이 잇지 못하는 간격만큼만 우리는 돌아간다

그리하여
여전히 우리는 그곳에 있게 되고
어디에도 우리가 설 땅은 없게 될 것이다

제3부
그녀는 매혹적인 하프 연주자

흐르다, 살다

겨울이 되어도 가뭄이 되어도

마르지 않는 천이 있다

원천의 힘으로 스스로 일으킨 물줄기

아래로 아래로 자신을 낮추는 고개

부드럽고 강인하게 자신을 지키는 힘,

그렇게 살고 싶었다

변심하지 않고 배신하지 않고

밥의 신뢰처럼 단순하고 위대하게

인간의 꽃동산을 흘러내리고 싶었다

봄날의 서재*

한파를 뚫고 봄이 배달되어 왔다
시인축구단 골키퍼 전윤호 시인이 보낸 봄이었다
여태 유랑하는 천생 시인은 요즘
강원도 춘천시 근처에서 지낸다고 안부 우표 붙여놓았다

봄배추로 꽃 피운 식탁에서 혼자
라면 국물에 소주잔 기울이는 모습이
평생 낭만 소년 같아 피-식 웃음이 나오는 곰돌이 시인의
아련하고 훈훈한 서재에 초청받은 나는
詩作의 게으름에 미안해하면서
기교 없이 담백하게 언어를 개고 다루는 그만의 레시피로
와락와락 쏟아지는 희망과 절망을 뭉그러뜨려
함께 봄꽃이나 피워보고 싶어졌다

밖은 늘 찬바람이지만
감자 하나 사기도 민망한 현실이지만
그의 서재에서는 춥지도, 외롭지도, 슬프지도 않는
無心의 아지랑이 피어올랐다

봄보다 이르게

내 서재에도 詩床을 차렸다

* 전윤호 시인의 시집 제목.

12월의 구름

그날, 나와 그녀의 옷자락이 깊고 푸른 우물에 빠졌다. 넓고 푸른 블랙홀 속으로 빨려든 실오라기가 나와 그녀의 몸을 풀려나면서 단단한 구형체를 만들었다. 제 몸을 불리던 구형의 입이 나와 그녀를 삼켰다.

우리는 어디서부터 잘못된 것일까?
실타래가 꼬인 것은 언제부터일까?
십수 년간 엉클어진 기억이 서로를 치명적으로 갉아먹고 있던 사이
우리는 서로를 단단하게 잡고 있던 손가락을 잃었고,
뜨겁던 심장을 잃었고,
서로를 그리던 다정한 눈빛을 잃었다.

여전히 우물은 푸르고 넓은데
여전히 나와 그녀의 체온은 남은 듯한데
우물 속을 자유롭게 유영하는 우리의 그리움은 그대로인 듯한데
너무 먼 길을 떠나왔다.

우리 옷자락의 실타래는 다 풀려
우물 색은 변했고 우물 깊이도 변해
오늘은 심하게 비를 뿌릴 참이다.

구름이 형태를 바꾸고 질감을 바꾸고 속을 다 비워야만
다시
맑고 투명한 하늘을 꿈꿀 수 있듯
나와 그녀도 서로에게서 풀려나
구름이 비가 되듯, 無로 완전해질 때
나는 겨우
그녀를 이해하기 시작했다.

검은 구토

물이 끓고 있다
며칠 전 로스팅한 커피콩이
그라인더에 놓여 있다
하얀 알몸으로 뜨거운 불과 함께 피어올라
육체를 버린 후
한여름 선텐처럼 표피를 바꾼 그들을
손아귀에 쥐고 마음껏 짓누른다

잠을 버리고 커피잔을 준비한다
까만 밤이 흘러내려 상심한 속을 데운다
한밤에 마시는 커피 한 잔
자정의 막대기로 휘-저으며
온 방 안으로 스며드는 화두(火豆) 사이에
기화점을 놓친 잔을 채운다

밤에 마시는 커피는 결코
싱싱한 삶을 위한 것이 아니다
검은 아프리카의 눈물이 말라서

지구 반대편까지 따라온 슬픔
끝도 없는 고통의 열매를 속으로 집어넣는 것이다

커피 중독자인 나는
눈물의 중독자
낯선 고통을 흡입하는 자
본 적 없는 땅의 영혼을 강탈하는 자
값싼 희망의 제국주의자

그래서 나는
흥건히 술에 취해, 이 밤 한가운데서
우울하고 거룩하게
또 한 잔의 검은 눈물을 마시며
내 속에서 자라는 에티오피아
얼굴도 모르는 검은 아프리카에 경배한다

미美, 장粧

아름답게 장식하기 위해 여인들은
오늘도 미장원을 찾는다

의자에 앉아 얼마간의 돈으로
오래 묵은 누추함을 벗는다
인내심의 한계에서
만사 제쳐두고
스스로를 포장하기 위하여
요란한 화학 냄새가
온몸을 휘감는 사이
미, 장에 대해 고찰하다 잠이 든다

세상을 사는 복잡한 기술들 사이에서
시대를 초월해 우뚝 선 미의 화신은
숭고한 아름다움의 끝자락에서 분주해지지만

자기 밖의 미장과
자기 안의 미장에

얼마의 거리를 두고 살아왔을까
의자에서 일어났을 때
허울과 가식으로 지친 머리칼의 변신처럼
내면의 깊이도 미장되어 나오길 바라며
살며시 눈을 떠
나,
를,
본,
다.

그해, 잃어버린 계절이여!

돌담장에 찔레꽃 얹히는 계절이었다.
머리에 햇살 가득 이고 들이랑 산으로 뛰어나가
붉은 꽃을 진초록 잎사귀에 둘러매고
가장 돋보이는 대낮으로
산책 나가는 달이었다.
모두 함께
싱그러운 바람과 푸른 바다에 취해
세상에서 가장 아름다운 노래나 불러야 할 때였다.

그러나
예고도 없이 꽃들이 꺾였다.
흑장미 같은 핏방울이 울타리에 쌓였다.
부서진 감각이, 박살 난 햇살 줄기 몇 개를 질질 끌며
그해 계절을 감추고 말았다.
말라붙은 핏방울에 얼룩진 달력은
반세기가 지나도록 지워지지 않고
짓이겨놓은 진흙탕에 쌓여가는 분노를 앓으며
그 후, 오래도록,

무계절의 시대를 살아내고 있었다.

살아남은 우리는 아주 바쁘게
그들의 가슴 속에
끝끝내 지지 않았던 찔레꽃을
진초록 잎사귀에 둘러 꿰어
바다가 내다보이는 돌담장 위로 다시 얹어 놓아야 했기에,
곪아 문드러진 상처를
대낮의 투명한 햇살로 쓰다듬어야 했기에,

잃어버린 시대의 역사책을
더는 늦지 않게
고쳐 써야 했다, 진혼곡을 울리며

單線으로 오는 사랑

문 닫힌 송정역사 뜰에 파릇한 새싹,
기억은 모르는 곳에서 와 나를 칭칭 휘감고 달려가네.

출렁이는 설렘으로 올라탔던 동해남부선 완행열차
칙칙폭폭 밀려오던 파란 바다,
와, 와아~ 파도타기에 열중이었던 어린 목소리들
선로를 빠져나가도 계속되던 어린 날의 소풍,
하늘로 뚫린 달맞이 언덕 끝 작은 터널
한 번은 이쪽에서 또 한 번은 저쪽에서
單線으로 오가던 옛사랑,
마주칠 수 없었던 애끓는 가슴
추억은 80번의 해갈이로,
닳고 닳은 나무 침목 주름진 결로,
부산에서 포항까지 반세기 너머
꿈으로 미래로 쭉 뻗어주었지.
달려오는 선로 따라 출렁이는 바다
청사포의 느린 봄이
동해남부선 완행열차에 올라타곤

동해로, 동해로 달리고 있었지.

섬에 들다

우붓에 도착하자 비가 내린다
열대성 소나기는 정확하게 직하강하며
야자수 나뭇잎을 바람 속으로 밀어낸다
산속이라더니 사방 어디에서도 산은
인사 보내지 않는다

간간이, 신경 안테나에 부딪히며 달아나는
오토바이와
닭들의 오케스트라가
불협화음의 새벽으로 깨어나도
이곳, 우붓은 모든 것을 용서할 수 있다

한낮의, 시원스런 소나기는
화려했던 왕좌의 시간을 머금고
땅바닥으로 자신을 내던지며
산야를 푸르게 푸르게 물들인다

발리를 발견했다 쓴 책은

잘못되었다
누구도 발리를 발견할 수는 없는 것,
발리는 태초부터 여전히 존재한 곳,
신들의 나라,
태고의 나라,
사람의 나라,
순수의 나라
발리를 발견한다는 건
자신 속의 평화를 깨닫는 것,
세상의 평화를 만들어내는 것,
탐욕의 세상을 씻어내는 것,
그리하여
자신의 부처가 되는 것이라네.

아랍어 시험

5교시는 제2외국어, 시험장을 떠나 드문드문 빈 의자 사이
몇몇 여학생이 남았지만
잠깐 사이 볼 책도 의지도 없어 보이는
이미 파장인 시험 시간,
조심스런 내 질문에
너무 쉽게 답하는 이쁜 입
"우리는 글 몰라요. 그냥 찍어요. 어차피 5지 선다형이잖아요.
아마 여기서 글자 아는 애들은 거의 없을걸요."

아, 나는 여기서 뭘 하는가?
이토록 당당하게 시험을 치르는 학생들에게
초라하게 위축된 심장이 저려오는 나는,
여기서 뭘 하는가?

시험지가 뒤돌아 묻는다,
"그래도 난 1등급인데, 넌 뭘 가르치니?"
현실 외엔 꿈이 없어야 하는 시절에는

누구도 꿈에 대해 묻지 않는다
답안지가 웃으며 묻는다,
"그래도 난 50% 정답, 아니면 그만이지.
그냥 보험이지."

5교시는 제2외국어,
선택이란 덤으로 인식되는 시간, 겨우 30분 동안
요행을 선물 받는 것은
배우지 않아도 너무 잘 아는
아직은 어린 학생들.
읽지 못하는 시험지에 투여하는 30분은 300분보다 지겨워
연신 하품으로 가득 채운 시험장은
몇 개의 작대기로 마감되고
1등급을 향해 달리는 미친 질주가
전설이 되는 나라,
나는 그 나라의 제2외국어 교사.

앗살라무 알라이쿰!

아름다운 동행

노랗게 핀 수선화 한 송이
화병에 꽂힌 사진
독일에서 왔다

한나절 지난 뒤
노랗게 핀 수선화 한 송이
정원에 핀 사진
다시 왔다

해질녘
사이좋게 핀 노란 수선화 두 송이
딱 맞는 화병에서
방긋방긋 다정하게
그의 마음이 왔다

릴리안 랑세프

그녀는 중세 하프 연주자
에스토니아 역사처럼 한 많고 섬세한 선율, 풀어내는
타르투에서 찾아온

그 소리, 참으로 여리고 가냘팠지만 거부할 수 없는 여운이 남았지
그녀의 손끝에서 흘러내리는
잊혀진 시간과 보이지 않는 땅의 외로운 음은
천사와 악마의 다리를 건너온 하이 톤이었지만
그녀의 푸른 드레스 빛깔만큼 처연한 소리가
바이킹의 배를 타고 이곳 극동아시아까지
중세에서 현대로 흘러왔지

그녀는 매혹적인 하프 연주자
에스토니아 공주가 되어 거친 바이킹 뱃놈과 사랑에 빠져버린 듯
질풍노도의 감정선을 위태롭게 걸어 다니며
가로 피리*의 굵직한 음이 일으키는 북해의 거친 풍랑을

맞아도

아무 문제 없었어, 사랑하니까

그녀는 아주 조용한 사람이었어
예의 바르고, 따뜻한 사람이었어
나는 그녀에게 선악과 사과 하나를 건네주었어
내일 아침 햇살이 떠오를 때, 한 입 베어 물라고
싱싱한 과육이 혀 사이로 흘러내릴 때의
그 짜릿한, 신맛 나는 연주
잔잔한 우물에 던져질 파장의 흥분
사랑은 그렇게 오니까

그녀는 중세 하프 연주자
바람처럼 가볍고 눈물보다 감미롭게
슬픔을 요리하며 희망의 식탁 차려주는
언니며 어머니며 연인인 여인에게
나는 잠겨버리고 말았네
현(絃)으로 만든 행복한 감옥 안으로.

* 가로 피리: 11세기 초 서양 피리와 인도 북부 고전 음악에 사용되던 피리와 거의 비슷하게 에스토니아의 라호 랑세프가 독창적으로 만든 음이 굵은 피리 종류.

차렷! 출발

노란 고무장화 걸어온다

개나리 먼저 핀 꽃그늘 아래
제 손가락만 한 연초록 봉오리 입에 물고
재잘재잘 통통거리는 햇빛
산들바람 등에 업고
폴짝폴짝,

병아리 걸어온다

탐스럽고 소중한 것들,
바람에 묻어온 진달래 빛 물기
한입 머금고
쑥쑥 자라나는 어린 것들,

한나절 햇볕이 더 그리운 건
이 봄의 발등 타고서 얼-른
어른 되고픈

성급한 마음 때문이지

제4부
지나고 나면 아무것도 아닐

너무, 아름다운 이별

너는,
삶의 모든 것을
너무 일찍 생각하고
너무 늦게 이루었어.
그 사이 간극에
절망보다 더 깊은
상실이 떠다녔지.
그 세월은
치명적 악보로
삶을 교란시켰어.
자신의 연주가 성공인지 실패인지
그 누구도 알지 못하는
아직도 끝나지 않은 흑백의 연주는
너의 아름다운 손가락 사이로
스멀스멀 피어올라
온몸에 찰싹 달라붙었지,
황홀한 毒!

지다, 부활하다

비 오는 부활절 아침
몇 세대의 삶을 살아오신 한 어머니의
길고 마른 줄기가 꺾어져
꽃잎이 흩날렸다, 엉망으로 부는 바람을 뚫고,
꽃눈이 내렸다
잎을 피우지 못한 가지에는
알록달록 색칠한 달걀들이
주렁주렁 자식처럼 매달려
빗소리보다 낮게 어미의 죽음을 삼키다
서로 키 높이가 다른 이생의 삶에 대한 소견들이 오가는 사이
한 인간의 개인사는 들쭉날쭉 고쳐지고
흔적은 영정 사진 속에 갇혀버렸다

중요한 것은 삶이지 삶의 결과가 아니라지만
자식들을 위해 차려진 장례식장은
빈소 앞 길고 짧은 화환 행렬이
슬픔의 크기를 재고

세대를 거슬러 시간을 버텨주신 우리들의 어머니는
사월 아지랑이마냥 피어오르는 향을
태우고 태워

오늘, 봄비 내리는 아침에
사람으로 지고, 꽃으로 부활한다

매화 사냥

툭, 툭, 툭
레인지 속 팝콘 터지다

활짝 핀 꽃과 꽃봉오리
쏟아지다

파란 하늘 봉지 속으로
톡, 톡, 톡
봄 햇살에 상기된 뺨
활짝 내밀다
흰 꽃송이 사이 간간한 홍매화도
볼그레한 뺨, 살짝 들이밀다

열이나 빛이나
늘 자기 몫의 임무에 바쁜 시간
올해도 어김없이 봄은
무차별 매화 사냥 시작하다

이런 게 사는 거지
구질구질 조건 붙이지 않고
생의 마지막인 양 맘껏
툭, 툭, 툭
푸른 바다에 첨벙!
자신을 던지는 거지

그해 십일월 아침과 밤 사이

오래 떠나 있던 그녀가 왔다
낡은 타자기 앞에서 담배를 피우며
자판을 내리쬐는 아침 햇살 사이에서 멈춘 손가락과
피어오르는 연기 사이에
그녀의 구텐 탁이 걸려 있다

사람과 사람 사이 눈빛은 무슨 말을 하나?
때로 보이지 않는 인사는 어떻게 하나?
잡히지 않는 나비는 무엇으로 붙잡나?

젊음은 급행열차를 타고 가 버렸지만
다행히 열기가 남아, 우리는 몸을 데우고 다시 데우고
과거행 기차가 플랫폼으로 들어올 때
아름다운 그녀, 바흐만의 발자국 소리가 들렸다
음산한 추위와 허망한 심정이
호숫가 안개보다 짙게 깔린 광화문 광장
진실은 그때처럼 길 잃은 채
의문은 의문의 꼬리를 키우고

촛불은 소리 없이 타오르고 있었다

그녀의 우울한 혁명이 그리운
십일월 비엔나 링슈트라세를 돌고 돌아
여기 광화문까지
수십만 촛불이 출렁거렸던 십일월 광장으로
그녀의 인사, 구텐 아벤트!

그리고 아침에
끓어오르던 피는 짙은 커피로 바뀌고
어둠의 담장은 환한 유리벽으로 바뀌고
우리는 천천히 미래행 열차에 올랐다

보통의 힘

우리 동네 맛있는 중국집, 홍문
빈자리 거의 없는 집이었는데
지금은 우리뿐이다, 코로나19가 길어지면서
손님이 뚝-
빈자리 속에 앉아 자장면을 먹었다

싸고 맛나고 친절한 이 집 사장님
만천 원입니다, 아니요 만이천 원인데요
모두 힘든 시절이라 방문 손님께 천 원이나마 깎아드립니다
사장님도 힘드시잖아요,
그래도 저희보다 어려운 분들이 더 많아요,

아, 맛있는 자장면보다 더 달달한 후식에
울컥 목이 멘다
위기 닥칠 때마다 극복하고 견뎌내는 건
크고 높은 데서 한자리하시는 분이 아니라
제 동네에서 콩 한 조각도 나눠 먹는

대한민국 보통 사람의

맛난 음식보다 멋있는 사장님 마음
어려울 때마다 쏟아내는
대한민국 보통 사람들의
대단한
힘!

언제나 네 시 사십사 분

벌써 수십 년 전
그를 떠올리지 않게 된 날 이후
바람이 기운 없이 산만하게 불기 시작한 후
내 속의 온도계가 망가진 후
푸른 저녁의 가을이 떠나간 후
절대 감각의 시어를 건조한 서울 거리에 흩뿌렸던 시절 이후
내 속에서 연기처럼 풀려나간 건
흐린 하늘 속에서 흔들리던 나무 그림자

그의 기억은 늘 막막했어,
나의 청춘에도 나의 유년에도 나의 과거에도
또 나의 미래에도 그는,
벼랑 끝에 서서 나를 불렀지
감미롭고 로맨틱하게
혀끝에 도는 이 달콤함이여
그는 긴 손가락을 뻗어 내 목덜미를 쓰다듬었지
우울하면서 황홀하게 뿜어내는 입김

조각난 한기에서 빠져나오는
쥐도 새도 모르는 감옥
그는 내 청춘의 문을 잠그고 한 귀퉁이에서
로맨틱하고 우울하게
나를 바라보고만 있었어

기억의 교차 시간은
언제나 네 시 사십사 분.

늦어도 11월에는*

아주 투명하고 깊은

노래하는 까마귀들의 순결한 오후

정적조차 숨죽이며 햇살을 응시하다

세상의 모든 시간은

나를 외면한 채

저 푸른 바닷속에 잠들어 있다

* 한스 에리히 노삭의 소설 제목.

지금, 그 자리에 서서

그랬다
문득 지나가던 길을 접고 바라본 서쪽 하늘은
무거운 심장을 툭 떨어뜨리는 따사로운 손을 뻗어주었다
어지러운 사람의 터널을 겨우 빠져나온 터라
나는 와락 그가 내미는 붉디붉은 심장의 블랙홀 속으로 빨려들었다

황홀하고 따스한, 숨 막히게 짜릿한 시간을 지나쳐 온 기억이
가뭇가뭇하게 어둠을 준비하고 있었는데
세차게 수런거리며 슬픈 바람을 맞이하던 숲에서
가을 풀벌레마냥 애처롭게 뱁새들이 울어주자
애써 돌려놓았던 시침이 제자리로 돌아가
사방이 홍조 띤 낯빛으로 훤하게 밝아왔다

밤이 오는 소리가 들려온다
절대 슬픔은 눈물조차 삼킨 채 침묵하고
사라지는 모든 것들이 그냥 사라지도록

바람에게, 혹은 당신에게 애원해보지만
그 누구도 찾지 않는 차가운 바닷가 언덕 위에 선 사라*처럼
절대 외로움을 주홍글씨로 새겨놓고

도대체 너는 어디에 있는 거니?

저녁마다 나를 덮치는 저 뜨겁고 지친 용광로에도
내 심장은 녹아나지 않아
나는 여전히 당신이 그리워요

붉은 파도가 바람에 실려 온다
순식간에 언덕은 불타오르고
나무와 새들, 당신을 기다리던 집도 불타오르고
나는 발자국 소리도 감춘 채 붉은 파도에 오른다
황혼의 돛배가 출항한다, 아름다워
내 가슴에 별처럼 달아준 당신이라는 주홍글씨
그건 내 특별한 인생이었어

그랬다
짙푸르고 슬픈 바닷속에서 솟아오른 저 이기적인 석양이
와락 나를 집어삼키고, 내뱉고, 다시 집어삼키고
바람이 목을 죄고, 하늘이 심장을 누르고
팔다리가 다 잘려 나갔지만
나는, 여전히, 당신을, 사랑해요!

* 사라 우드러프: 존 파울즈의 소설 『프랑스 중위의 여자』 주인공 이름.

낙엽 지다

무심히 바람 불자
뒹굴던 낙엽들 목표 없이 휘날리고
무심한 눈[目]들이 거리를 채우네.

피폐해진다는 건
한 톨 물기 없는 저들에게 사용할 말이 아니라
인간이 인간을 겨냥하는 지독한 화살
자비 없는 욕망을 사랑이라 착각한 후 치르는 대가

그 화살 맞아 본 사람은 아네.
때로 사랑은 본질을 버린 거미 같아서
침 하나 꽂아두고
쪽-쪽 한 톨 남은 수액마저 다 빨아들이고
가을바람에 빈 쭉정이만 남겨놓고 떠나간다는 걸

오늘 아침 출근길은 왜 이리 꾸부정한 도로 위를 달리는지
온도를 알 수 없는 바람은 또 왜 이리
스산하고 무심하고 날카롭게 눈을 후벼 파는지

오롯하게 생을 불태우고, 그 형체
손 닿으면 바스락 먼지로 내려앉을
그런 인생 보내느라 여지껏
우리는 그렇게 바빴고, 태양은 그렇게 뜨거웠고, 비는 또 그렇게 쏟아져 내렸는지

지나고 나면 아무것도 아닐
그 욕망 때문에
돌이킬 수 없는 시간까지 다 잃은
차고 건조한 빗방울
차창 밖으로 울긋불긋 흩어져 날리는 11월
한 잎의 눈[目].

이국인의 태극기

해운대 해변에서
태극기 한 손 가득 든 이국의 청년
태극기 하나 뽑아 내게 내민다
귀에 손을 대며 듣지 못하고, 입에 손을 대며 말하지 못하고
구겨진 마분지에 적힌 3,000원
처음에는 혼자 오해하여 아, 한국을 너무도 사랑하여
태극기로 인사하나 생각하다가
3초 후, 그럴 리가? 10초 후, 그의 귀여운 행동에
외국인 남편이 지갑을 연다
외국인끼리 태극기를 사고판다
그 순간 묘한 기분
잠시, 역사를 거슬러 가던 나를 남편이 잡아당긴다

적어도 그 청년,
서글서글한 인상만큼이나 깔끔한 행동
한국을 사랑하는 마음으로
차가운 거리 가득 채웠던 지난겨울 촛불처럼

한 끼 밥 대신 양심을 선택한 그 겨울 찬란했던 연대처럼
오늘은
평화로운 해변 따라
이국의 동정 대신 이국의 국기로
말하지 못하고 듣지 못해도
읽지 못하고 쓰지 못해도
국경을 넘어서서
그 청년은 말하겠지,

"원더풀 다이내믹 코리아!"

나비나무를 아세요?

나비나무*를 아세요?
여름이면 덤불 가지 사방으로 뻗치고
하얀 고깔 보라 고깔 꽃다발 주렁주렁
산들바람 부는 대로 꽃향기 뿌리며
온 동네 나비 다 불러 모으는

나비나무 우뚝 선 정원 한복판
허기진 햇살 사이로 날아오는 나비 떼
노랑나비, 흰나비, 공작나비, 제비나비, 표범나비, 팔랑나비
저마다의 이유로 꽃을 탐해도
고깔 꽃송이 풍성하게 피운 나비나무는
모두의 어머니

겨울 되어 꽃 다 지면 나비는
나비나무 떠나 어디로 갈까
풍요롭던 여름 온데간데없이 지고
가난의 폭우에 도리(道理)의 손 놓아버린
나의 나비 한 마리

파르르, 겨울 속으로 날아가 버렸지

내 사랑은 너무 이기적이었어
오래도록 나비나무의 본성을 바라보다 문득, 나비는
필요한 만큼 머물고 미련 없이 떠난다는 걸, 알면서도
아낌없이 꽃대를 열어
할퀴고 상처받고 때로는 향기롭게 애무받으며
여름의 밥으로, 겨울의 기다림으로
어머니가 되어주는데

세상이 수십 번 변해도 그대로인
추억 향기 따라서 언젠가, 그 언젠가
나의 겨울 나비 돌아올 때
정원 한복판에 서서 나도
무위의 고깔 꽃송이 달고 춤출 수 있을 거야, 온 마음으로
사소하고 위대한 생에 감사하며

* 나비나무: 부들레아의 별명. 라일락을 닮아서 '썸머 라일락'이라고도 함.

내 속에 상영 중인 아주 특별한 영화 한 편

- 시인의 시작법

시월의 부산은 부산스럽다. 특히 시월의 해운대는 이국적이다. 풍경이 그렇고 사람이 그렇고 느낌이 그렇다. 올해로 21살이 된 부산국제영화제의 주 무대인 까닭에 시월 초반 열흘 정도 해운대는 국제적으로 변한다. 무수한 내·외국인이 움직이고 언어가 뒤섞이고 문화가 뒤섞인다. 표를 향한 긴 행렬과 스크린에서만 보던 영화인들을 직접 만날 수 있어 연일 북적이는 멋진 초현대식 건물인 영화의 전당과 그 주변. 그즈음이면 어김없이 나도 그들 속에 있다. 마치 한 편의 영화처럼 나의 동선을 그어본다. 술에 취한 듯 영화에 취해 시원하고 환한 거리를 걷는다.

나에게 시는 한 편의 영화다. 감성을 자극하고 감성을 흩트리고 감성을 재조절하여 시를 쓸 준비를 한다. 내게 시와 영화는 자매지간이다. 늘 토닥거리지만 서로 깊이 사랑하는 두 개체. 시들지 않는 열정으로 나를 어렵고 힘들고 고통스럽게 만들면서 또 거부할 수 없는 흥분을 만들어주는 고약한 존재. 그래서 시를 쓰고 영화 보기를 중단할 수 없는 나는 이 시월이 기다려진다.

산책 중에 생각한다.

나는 아주 멋진 산책로 옆에서 살고 있어 언제라도 운동화만 신으면 일 년 내내 물이 마르지 않는 생태천을 산책할 수 있다. 내가 늘 감사하는 그 길, 계절에 따라 풀과 꽃이 바뀌고 들풀이 무성한 곳, 햇살 아래 소풍 나온 유치원생들이 총총거리며 함께 걷는 그 길 위에서 시를 쓴다.

낯을 간질이는 이 바람을 어떻게 이미지화해야 하나?

나는 모든 것을 이미지로 기억하는 편이다. 숫자가 놓인 자리는 쉽게 잊어도 그림을 앉혔던 자리는 오래 남는다. 그리고 그 그림을 끄집어내어 산책 중에 시를 쓴다. 물론 종이도 연필도 없이. 집으로 돌아오면 시들은 기억의 뒤란으로 사라지고 몇 개의 이미지만 남아 있다. 그것도 오래 방치하면 사라지고 만다. 그럼에도 한 줄 희망처럼 남은 빛 같은 이미지로 그림을 그리듯 시를 쓴다. 큰 붓으로 바탕을 칠하고 세필로 소소한 이야기를 심으면 대략적인 작업이 되고 메타포가 한 겹 더 칠해진다. 그리고 사진을 찍는다. 초 단위의 정지 작업. 생각을 정지시키면 움직임이 더 커진다. 이미지가 증폭되고 나는 이미지 속으로 빨려든다. 이런 반복적인 행위가 캔버스 대신 머릿속에서 일어난다. 살아 꿈틀대는 생각의 향연은 때때로 감정의 격랑을 일으킨다. 행복과 불행이 같은 이름이듯 흥분과 절망도 동일한 무게로 공격해 온다. 시가 공격해 온다. 시인은 쏟아져 내리는 언어의 폭우를 온전히 맞으며 제 몸이 완전히 젖을 때까지 멈추지 못하는 사람이다. 무시로 찾아드는 이 폭우의 위협을 고스란히 삼키는 사람이다. 그래서 아프고, 슬프고, 아름답고, 추한 사람이다.

시월 그때, 나는 그런 격랑을 찾아다니고, 그런 폭우를 기다리며 거리에 나선다. 수많은 표정들 사이로, 수백 편의 이야기 사이로 난 오솔길에 들어서면 시 혹은 예술이라 이름 붙여진 것들이 가물가물 신기루처럼 왔다 가는 것이 보인다. 하나의 장르에 다른 장르가 겹쳐지고 하나의 느낌에 생경한 느낌이 겹쳐진다. 씨실과 날실의 바쁜 움직임이 일어난다. 숨 막히는 기쁨과 찢어지는 고통이 살얼음같이 날카로운 공기 속으로 퍼진다. 시적 흥분이 사지를 마비시키는 순간, 다시 종이 위에 쓰지 못하는 시를 쓴다. 시는 늘 내 속에 상주하며 나의 엑스터시를 즐기는 고약한 친구다. 그 친구는 내 속에 상영 중인 아주 특별한 영화의 주인공이다. 그리고 오늘도 어김없이 나의 영화는 상영 중이다.

해설

사랑과 존재의 물음
— 김점미의 시세계

구모룡(문학평론가)

어떤 마음의 지향이 있어서 시를 쓸까? 고요와 평화, 사랑과 행복, 감응과 화해를 꿈꾸는 데서 비롯하지 않을까? 하지만 이러한 꿈 이전에 자기 앞의 삶과 현실이 이러한 지향과 단절되었다는 경험이 시를 생성한다. 슬픔이나 이별이 있기에 기쁨과 만남이 더욱 소중하듯이 시는 상처나 상실의 기억을 바탕으로 삼는다. 조화로운 풍경은 단속적으로 나타났다 사라질 뿐이다. 삶이 그렇듯이 어떤 행복의 기억은 현실의 부조리하고 난해한 삶을 이겨내게 하는 힘이 된다. 시의 변증은 이처럼 상실과 회복, 추억과 오지 않는 미래의 긴장 속에서 진행한다.

김점미의 시편은 자기 앞의 생을 깊이 응시하는 시선의 목소리를 담고 있다. 시집의 '표제시'인 「오늘은 눈이 내리는 저녁이야」가 말하듯이 상실과 추억, 기억과 현전의 변증이 교차한다. 정교하게 배치한 7연의 구성에서 3, 4연을 제외하고 모두 "오늘은"으로 시작한다. 서로 다른 오늘을 말함인데 그 기억의 원점을 3, 4연이 말해준다. 지금은 사라지고 없지만, 바닷가 언덕에 자리한 카페 '아카시아'에 있었던 이별의 추억이다. "눈이 오지 않는 곳에 내리는 눈발"처럼 매우 예외적인 기억이며 "눈 사이로 녹아 흐르는 눈, 물의 하늘"과 같은 "너무 어둡고 너무 밝은" 이미지로 남아서 "아주 오래 생채기를 내곤" 한다. 이 같은 원체험을 둘러싸고 등장하는 5번의 "오늘"은 각기 다른 정동의 표현이다. 1, 2연이 3, 4연을 중간에 두고 5, 6연과 대응하고 마지막 7연이 이를 종합한다. 1연에서 떠오르는 그날에 대한 상상이 "눈이 내리는 저녁 식사"나 "눈을 감으면 가끔은 폭설이" 내리는 환상을 연출하다 2연에 이르러 "케케묵은 추억"에 당도하면서 "너를 기억해 보려" 한다. 바로 앞서 말한 3, 4연의 추억이다. 5연에서 화자는 "눈은 내 눈 안에서만 내리고 있어, 아마 그래서 너도 눈이 내린다고 믿고 있는 거겠지"라고 "너"를 소환하며 "기억은 그런 거야, 우리가 그 추운 겨울날 밤을 함께 보낸 아카시아,의 밤에도 우리는 그렇게 바닷속으로 내리는 눈 속에 파묻혔던 거 알아?"라고 묻는다. 그러니까 "아카시아,의 밤"은 아직도 쉼표(,)가 지시하듯이 숨을 멎게 하는 기억의 거처이다. 이와 같은 시편의 전개 과정은 마지막 연에 당도하여 시적 변증으로 귀결한다.

> 오늘은 바람이 차고 햇살이 없었고 눈이 내리지 않아, 그래서 나는 눈이 내리는 멜랑콜리한 아카시아를 기억하고 그곳에서 너를, 눈, 물에 젖어 있는 우리를 기억하고/눈이 오는 오늘 저녁을 기억해, 오늘은 눈이 내리는 저녁이야

"오늘은 바람이 차고 햇살이 없었고 눈이 내리지" 않지만, "눈이 내리는 멜랑콜리한 아카시아"와 "그곳에서 너를, 눈, 물에 젖어 있는 우리"의 기억이 "오늘은 눈이 내리는 저녁"으로 만들고 있다. 엘리엇의 지적처럼 어떤 이미지는 생애의 추억을 담고서 현전한다. 바로 김점미의 "눈이 내리는 저녁"이 그렇다. 먼 기억의 저편에서 불현듯 출현하여 의식을 흔든다. 이처럼 시는 삶의 본성을 관류하며 시인과 함께한다. 그런데 이와 같은 시적 본성은 「흐르다, 살다」가 말하듯이 "겨울이 되어도 가뭄이 되어도/마르지 않는 천"을 간직하고서 "원천의 힘으로 스스로 일으킨 물줄기/아래로 아래로 자신을 낮추는 고개/부드럽고 강인하게 자신을 지키는 힘"을 지키는 일과 연관하고 "밥의 신뢰처럼 단순하고 위대하게/인간의 꽃동산을 흘러내리고 싶었다"라는 염원과 결부하며 「오늘은 눈이 내리는 저녁이야」와 같은 시적 진술을 환기한다고 할 수 있겠다. 「흐르다, 살다」가 말하는 "밥의 신뢰"는 "단순하게 위대하게" "흘러내리는" 소박하면서 긍정적인 '적극적 수동성' 혹은 자발성에 맡기는 삶의 의미를 지향한

다. 하지만 구체적 삶은 이와 같은 의식의 지평을 가로막거나 흐리게 하는 경우가 많다. 「아름다운 동행」과 같은 행복한 의례와 「빈 의자」와 같은 존재의 고뇌가 공존한다. 단독자든 세계 내 존재든 삶은 빛과 그림자 그리고 이들이 교차하는 그늘로 그려지게 마련이다. 기쁨이나 행복은 영원하지 않으며 슬픔과 고통 또한 순간에 그치지 않는다. 그 명암의 시간이 서로를 되비추면서 자기 앞의 생을 감당하게 한다.

> 노랗게 핀 수선화 한 송이/화병에 꽂힌 사진/독일에서 왔다//한나절 지난 뒤/노랗게 핀 수선화 한 송이/정원에 핀 사진/다시 왔다//해질녘/사이좋게 핀 노란 수선화 두 송이/딱 맞는 화병에서/방긋방긋 다정하게/그의 마음이 왔다(「아름다운 동행」 전문)

독일에서 "노랗게 핀 수선화 한 송이/화병에 꽂힌 사진"을 화자에게 보내온 "그"는 누구일까? 이 경우에 그가 우리가 알고 있는, 독일인 부군이라는 텍스트 외부의 사실을 참조할 수 있겠다. "한나절 뒤/노랗게 핀 수선화 한 송이/정원에 핀 사진"이 거듭 왔으니 "수선화"가 부부의 마음을 상징한다고 해도 되겠다. 이 작은 의례는 한국과 독일이라는 공간적 거리에도 불구하고 서로의 집에 함께 들이는 삶의 연대와 지속성을 의미한다. 관계를 맺는 의례는 "사이좋게 핀 노란 수선화 두 송이"처럼 반복을 통하여 서로가 상징적인 집안에 거주하고 있다는 믿음과 결속을 형성한다. 「아름다운 동행」의 "노란 수선화 두 송이"는 이보다 먼저 등장한 「수국 한 다발」의 이미지와 겹쳐진다. 결혼식 날 "축하 선물로" 전달된 "9월의 수국 한 다발"이다. 시편의 화자는 외부의 시인과 고백적 자아로서 동일시되는데 "사랑은 그런 걸 거야 가끔 흔들리지만 단단한 줄기의 힘으로 결국 지탱해내는 거 나는 나이 든 신부였지만 어린 분홍 뺨을 내민 수국 같았지"라고 행복의 시간을 떠올린다. 이러한 기억의 이미지는 "수국", "수선화" 등으로 변주되면서 동일성의 의례를 반복한다. 한편 「빈 의자」는 "화목한 가족"의 환상이 깨어지면서 식탁이 조화로운 장소가 되지 못하는 기억을 소환한다. 그 어떤 "기억의 공습"이 초래한 분열인데 시적 화자는 결구에서 "이 식탁은/내 자리는 아닌 거 같아"라고 진술하고 있다. 물론 이 시편의 정황이 「수국 한 다발」이나 「아름다운 동행」 이전의 경험임을 알기 어렵지 않다. 가족 혹은 집은 앞서 "밥의 신뢰"로 표출되었듯이 시인의 중요한 관심에 속한다. 시인은 「식구」와 「식구-화해」와 같은 시편을 통하여 가족의 기억을 소환한다. 바람으로 문풍지가 갈가리 찢어지고 "길 떠나기 전 마련해 둔 음식이" "소리 없이 썩고" "밥을 나누지 못하는" 식구가 되어버린, "태생의 연대를 끊어놓은 밥상에 앉아/거친 오독의 밥알을 홀로 씹었던 그날/오래된 추억 한 토막이/찢어진 문풍지와 함께 날아"가 버린 상처의 경험이다. 이와 같은 가족 트라우마는 「식구-화해」에서 거듭 반복한다. 여기서 시적 화자는 "밥은 삶이다", "누가 뭐래도 밥 없이는 사상도 없다"라는 명제를 얻는다. 정주 공간인 집은 멈춤과 삶의 지속성을 부여한다. 하지만 가족의 붕괴는 집을 벗어나야 할 "덫"으로 만든다. 「덫」은 그러한 "어리석고 나태한 냄새가 얼룩져 있는/깊고 짙은 콤플렉스"의 가족 관계를 다시 반추한다. "해 뜨기 전에 그 집에서 나와야만 해/제발, 그런 값싼 사랑은 집어치워 줘"라는 결구의 진술로써 시 속의 화자는 집으로부터, 가족으로부터의 탈주를 말한다. 그러나 운명적인 사랑과 만나면서 「수국 한 다발」과 「아름다운 동행」이 전하는 새로운 가족을 구성하게 된다.

> 나는 늘 플롯 없이 글을 써/제약과 규약과 계약 따위의 의미는/내 머리에 있지 않아/나의 이야기는/분절된 토막들의 나열이지만 나는/그것들을 끌어모아/땅을 파고 집을 짓지//장편(掌篇)들의 조각보로 만든 노트북 속에/세월의 간격만큼 차근차근/번호를 매기며, 소제목을 달며,/詩를 쓰듯 정성스레 단어를 반추하지/누구도 부르지 않는 내 이름을 부르는 의뢰/그 의식을 위하여/노트북 글자들을 디스켓에 가두면/나의 이야기는 생각의 문을 지나가지//그때부터 내 글들은/내 방의 사물이 되고/떠나버린 애인을 바라보는 시선처럼/객관화되어버려,/곧이

어/새로운 여행이 준비되고/또다시 나는/플롯 없는 글쓰기를 시작하지(「캐리어 여행가방」 전문)

이 시편은 한편으로 글쓰기의 과정을 말하면서 다른 한편으로 기존의 집이 지닌 "제약과 규약과 계약 따위"를 벗어나 자유롭게 "플롯 없는" "새로운 여행"의 삶을 기약한다. 이러한 점에서 제목인 "캐리어 여행가방"은 시인의 시세계를 설명하는 중요한 메타포라고 할 수 있다. 자유와 방랑은 새로운 감각과 지각으로 사물을 접하고 타자를 만나는 시적 감응의 과정이다. 인도네시아 발리 우붓에서 원초적 존재와 조우하고 "자신 속의 평화"와 "세상의 평화"(「섬에 들다」에서)를 느낀다. 먼 곳의 낭만적 동경에 그치지 않고 사물과 이루는 감응이 미지를 예감하게 함을 알게 한다. 여행과 같은 "플롯 없는 글쓰기"는, 잉게보르크 바흐만을 읽으며 "그녀의 우울한 혁명이 그리운/십일월 비엔나 링슈트라세를 돌고 돌아/여기 광화문까지/수십만 촛불이 출렁거렸던 십일월 광장으로"(「그해 십일월 아침과 밤 사이」에서) 오기도 하고, 호르헤 루이스 보르헤스의 시편인 「축복의 시」를 만나면서 "아픔이면서 희망이고/지면서 다시 피는/이 방의 주인인 빛나는 저 아이들의/행복한 바닷가 도서관"(「행복한 도서관」에서)을 기억하는 생각과 감흥과도 맥락을 같이 한다. 또한 존 파울즈의 『프랑스 중위의 여자』는 한 편의 아름다운 '사랑시' 「지금,

그 자리에 서서」로 탄생한다. 다른 한편 시인은 안드레아스 구르스키의 사진 「99센트」를 접하며 자본주의 사회의 변함없는 배리를 분노하는 정동을 뚜렷이 드러낸다. "오늘 이 한 장의 사진이/새삼 소름 끼치는 이유는/99센트로 하루를 사는 이의 눈물 때문이고/그 삶조차도 유희되는 자본주의 때문이고/나의 무기력함 때문이고/그럼에도 아름다운 사진 때문이고/또다시/오늘의 햇살 때문이고/어김없이 찾아오는 봄 때문이고/함께 식탁에 앉는 정직한 지인들 때문이고/아직은 죽지 않은 우리의 영혼 때문이네." "절망적인 눈빛으로 우리들의 미래를 바라보고" 있는 피카소와 만남도 인유를 통하여 "중요한 건 모사가 아니라 새로운 형태", "예술은 날카로운 칼날에 베어 나갔지만 우리는 상처를 꿰매고 봉인할 능력을 가진 자들"(「피카소와, 그 오후를」에서)이라는 예술관을 드러내는 계기로 삼는다. 환상, 기억, 도시, 그림, 영화는 김점미의 시편에서 이미지로 등장하여 시적 자아의 정동을 표현하는 주요한 방편으로 작동한다. 「해변의 앨리스」는 영화의 세계를 대하는 시적 화자의 행복한 몰입을 표현한다.

어제 나는 아프리카를 다녀왔어요/아프리카에도 엘리베이터가 있고, 자동차 먼지도 있고, 소매치기도 있었어요/인도는요, 멋진 환상을 키우는 디즈니 같았어요, 순박한 사람들이 파도처럼 출렁이는 곳이었죠/피날레는 아이거 북벽이에요/올라갈 순 있어도 내려올 순 없다는 곳,/한번 시작하면 멈출 수 없는 사랑의 땅,/아이거의 사랑은 눈밭에서 시작되고 눈밭에서 끝이 났죠//밤하늘 가득 쏟아지는 별들의 축제/은하수가 된 사람들이 둥둥 떠다니고/딥블루 드레스를 걸친 한밤에 키루나에 갔어요,/무지갯빛 오로라 속을 커졌다 작아졌다 하며 파도 타는 나는/앤트맨, 무적의 사나이죠/배트맨, 스파이더맨, 엑스맨, 헌트맨, 맨, 맨, 맨들이 사는/이곳에선 세상의 모든 정의가 희망찬 풍선마냥 우주를 떠돌고//시간마저 숨죽이는 해변의 스크린/세상사 요지경을 낱낱이 드러내며/쏴-아 밀려갔다 밀려오는 파도는/나와 당신의 신비하고도 은밀한,/감춰진 꿈을 노래하는 소리죠(「해변의 앨리스」 부분)

시인이 만나거나 그려내는 이미지와 사유 그리고 정동은 서로 밀접하다. 〈이상한 나라의 앨리스〉의 모험처럼 영화 이미지를 따라 시 속의 주인공은 세계를 주유하고 꿈을 노래한다.

주지하듯이 시적 발화의 주체는 일인칭 '나'이다. 시적 변증은 주체의 내부와 외부, 자아와 사물과 타자의 관계를 동심원을 그리며 나아가는 과정이다. "자기 밖의 미장과/자기 안의 미장에/얼마의 거리를 두고 살아왔을까"(「미美, 장粧」에서)라는 질문처럼 시인은 주체의 안과 밖을 끊임없이 열고 받는 합벽(闔闢)의 의식 현상학을 반복한다. 그리하여 "허울과 가식으로 지친 머리칼의 변신처럼/내면의 깊이도 미장되어 나오길" 바라는 염원으로 의식의 지평을 확장한다. 이러한 점에서 김점미의 시편에서 '나-너'의 대화적 문법이 빈번하다. 이는 「봄바람」이 보여주듯이 오롯한 발화 주체가 중심에 있는 서정에서 시작하여 자아를 찾는 물음, 가령 사회적 자아(me)와 진정한 자아(I)를 따져 보고 사물과 타자와 더불어 감응하고 대화하는 과정으로 나타난다.

> 마음속에 오래 갇혀 있던 새 한 마리,/문을 열고 날려보냈다/처음 떠나는 둥지를 잃을까 봐/길게 한 번/뒤돌아보던 새는/창공으로 사라지고/오래된 기억 한 줄기/아픈 벽에 걸렸다.//누구든 그러하리라/저 태어나 자란 자리 박차고 떠났을 때/처음 맞는 자유의 이중성과 사라진 귀가/꽁꽁 묶였던 마음 풀어/봄바람에 걸어두고/오래도록/떠나간 새를 바라보았다.//모든 경계의 갈림길에서/조금은 쓸쓸하게/조금은 편안하게//오늘은 그런 오후.(「봄바람」 전문)

그 어떤 단호한 마음이 마지막 구절인 "오늘은 그런 오후."에 잘 나타나 있다. 마침표를 찍어 있을 수 있는 유보를 차단한다. "마음속에 오래 갇혀 있던 새 한 마리"의 이미지로 표현된 "오래된 기억"을 날려 보내고 마음의 경계를 변화하는 심경으로 표현하였다. 「시인의 일요일」이 말하고자 하는 고절(孤節)의 자아도 "파리가 나치에 점령되었을 때부터/사람이 사라졌다는" "벽에 걸린 뒤뷔페의 파리 풍경"을 소환하면서 선택과 결심을 예감하는 마음을 품는다. "깊은 슬픔은 눈물 대신/침묵을 택했지/벽이 동굴보다 깊어진/태생이 고독한 시인의 일요일은/한적한 침묵의 절망인가?/절망 속의 평화인가?"라는 결구의 자문이 보이는 경계의 심경이 직절(直截)하다.

「매화 사냥」이나 「나비나무를 아세요?」는 외부의 사물을 대하는 시인의 생동하는 감각을 이해하게 한다. "이런 게 사는 거지/구질구질 조건 붙이지 않고/생의 마지막인 양 맘껏/툭, 툭, 툭/푸른 바다에 첨벙!/자신을 던지는 거지"(「매화 사냥」에서)라고 하이데거의 '내맡김'에 상응하는 태도를 발랄하고 경쾌한 어조로 발화한다. 「나비나무를 아세요?」에서 시적 대상을 다음처럼 그려낸다. "나비나무 우뚝 선 정원 한복판/허기진 햇살 사이로 날아오는 나비 떼/노란나비, 흰나비, 공작나비, 제비나비, 표범나비, 팔랑나비/저마다의 이유로 꽃을 탐해도/고깔 꽃송이 풍성하게 피운 나비나무는/모두의 어머니". 계절을 따라 나비들이 다 떠나가도 자기 자리를 지키며 본성을 지키는 "나비나무"를 보면서 시적 화자는 "내 사랑은 너무 이기적이었어"라고 반성한다. 그리고 결구에 이르러 "세상이 수십 번 변해도 그대로인/추억 향기 따라서 언젠가, 그 언젠가/나의 겨울 나비 돌아올 때/정원 한

복판에 서서 나도/무위의 고깔 꽃송이 달고 춤출 수 있을 거야, 온 마음으로/사소하고 위대한 생에 감사하며"라고 진술한다. 예의 무위에 대한 깨달음이 동반되며 자발성이 만드는 "무위"의 공동체에 경의를 갖는다.

나-너의 문법은 의인화된 사물이거나 타자를 이해하는 주체의 입장을 표현한다. 어떤 피아니스트의 "절망보다 더 깊은/상실"을 품은 삶을 "황홀한 독"(「너무, 아름다운 이별」에서)으로 받아들이는데 투사나 동일시의 감정이 없지 않다. 의인화는 때로 사물과 사람을 겹쳐 표현하는 기제로 이중 의미를 담는다. 「12월의 구름」은 "나와 그녀"의 관계를 말한다. "그날, 나와 그녀의 옷자락이 깊고 푸른 우물에 빠졌다"로 시작하는 이 시편은 그녀와 나의 합일과 이별을 말한다. 그리고 마침내 결구에서 "구름이 형태를 바꾸고 질감을 바꾸고 속을 다 비워야만 다시/맑고 투명한 하늘을 꿈꿀 수 있듯/나와 그녀도 서로에게서 풀려나/구름이 비가 되듯, 無로 완전해질 때/나는 겨우/그녀를 이해하기 시작했다"로 맺는다. 타자성에 대한 바른 인식의 과정이다. 「그녀와 나」를 통하여 다시 반복하듯이 주체를 지우지 않는 타자의 자리는 없다.

가족 트라우마나 상실의 상처를 걷어낸 시인의 정동은 "즐거워, 즐거워서 내일도 오리/눈 오리/펑펑"이라고 말 재롱(pun)을 구사하고 있는 시편인 「눈오리」처럼 자유롭고 경쾌하며 밝고 가볍다. 유년의 추억조차 "돌이킬 수 없는 시간을 넘어 외로운 평화"(「돌이킬 수 없는」에서)가 될 수도 있다. 그러나 시인은 "문 안의 생명은 순식간에 몰려오는 안개만큼 짧다는 걸, 황금빛 바다가 겨우 한나절 영광이란 걸, 쇠사슬에 묶인 자물통을 밟으며 당연한 문을 오가는 사람들의 퀭한 눈을, 기쁘게 즐기며 오후의 티타임을 보내는 누군가의 거대한 음모를"(「그러나… 너는 아니?」에서) 안다. 사라짐과 몰락은 늘 과거의 한순간에 내재할 수 있다는 삶의 자각이다. 「쇠미역」이 보여주는 몸에 대한 유난한 지각도 사랑과 더불어 병과 늙음을 감수해야 하는 삶을 민활한 의식으로 이해하는 데서 비롯한다. 그래서 "저 푸른 바닷속에서/인생의 희로애락 다 품었다가/숭숭 제 몸에 바람길 내고/과분한 욕심은 바닷물에 다 버린 몸/진한 정수만 남겨선/팔뚝 굵은 그 아낙의 행복한 희망"이 된 "쇠미역"을 경이롭게 만난다. 「나의 선물」에서 고백적 화자는 자신을 "환자"라고 한다. 현대 자본주의를 사는 우리는 모두 환자일 수 있다. 하지만 「그날 이후」가 말하듯이 어떤 병력을 가진 시적 화자는 마음과 인식의 전환을 이루었고 "손 대신 몸으로/시를 쓰네요, 불타는 황혼의 아름다움으로"라고 말한다. 머리의 시가 아니라 몸의 시가 시인의 새로운 길이다. 지성의 시와 정동의 시 사이의 경계에서 시인은 회복하는 몸과 더불어 더욱 명민하게 생을 지각한다. 시인이 발명한 사랑의 힘이 커다란 긍정의 세계를 형성하고 있다.

김점미

부산에서 태어났고 2002년『문학과 의식』으로 등단했다.
시집으로『한 시간 후, 세상은』이 있으며, 제7회 요산창작기금을 받았다.

산지니 시인선

001 **금정산을 보냈다** 최영철 시집 *2015 원북원부산 선정도서

002 **소금 성자** 정일근 시집 *2016 세종도서 우수문학도서

003 **석간신문을 읽는 명태 씨** 성선경 시집

004 **봄 꿈** 조향미 시집

005 **그냥 가라 했다** 강남옥 시집

006 **쪽배** 조성래 시집 *2021 한국문화예술위원회의 문학나눔 선정도서

007 **사슴목발 애인** 최정란 시집 *2017 세종도서 우수문학도서

008 **당신은 지니라고 부른다** 서화성 시집

009 **나는 기우뚱** 이지윤 시집

010 **다음에** 조성범 시집

011 **은근히 즐거운** 표성배 시집

012 **나이지리아의 모자** 신정민 시집

013 **다다** 서규정 시집 *2016 세종도서 우수문학도서

014 **맨발의 기억력** 윤현주 시집

015 **새로운 인생** 송태웅 시집 *2018 세종도서 우수문학도서

016 **내가 살아온 안녕들** 김해경 시집

017 **오늘은 눈이 내리는 저녁이야** 김점미 시집

오늘은 눈이 내리는 저녁이야

초판 1쇄 발행 2021년 12월 31일

지은이 김점미
펴낸이 강수걸
기획실장 이수현
편집장 권경옥
편집 신지은 김리연 윤소희 오해은 강나래
디자인 권문경 조은비
경영지원 공여진
펴낸곳 산지니
등록 2005년 2월 7일 제333-3370000251002005000001호
주소 부산시 해운대구 수영강변대로 140 BCC 613호
전화 051-504-7070 | 팩스 051-507-7543
홈페이지 www.sanzinibook.com
전자우편 sanzini@sanzinibook.com
블로그 http://sanzinibook.tistory.com

ISBN 979-11-6861-001-9 03810

* 본 도서는 2021년 부산광역시, 부산문화재단 '지역문화예술특성화지원사업'으로 지원을 받았습니다.